절반의 침묵

절반의 침묵

박은율 시집

민음의 시 199

민음사

自序

나는 쓴다
쓴 걸 뱉아 버리려고
더 깊이 삼키려고 쓴다

쓰면 쓸수록 새로워라
쓴맛, 쓰는 맛!

해와 달이 얼기설기 엮은 나의 낡은 광주리엔
언제나 싱싱한 씀바귀들
쌉쌀하지 않게 쌉싸래하게
들큼쌉싸름 감칠맛 나게 무치려고
미간을 찌푸리며 골똘히
행복하게
이 밤도
나는 쓴다

2013년 겨울
박은율

차례

自序

1부

비누　　　13
염색 공장의 가을　　　14
다른 세상의 달　　　15
명사산　　　16
다이아몬드 별　　　18
바다사자여 쉬어 가게　　　20
심야식당　　　22
수국, 지다　　　24
대청봉에 서서　　　25
팔월의 매장　　　26
정오의 묘지　　　28
말매미　　　30
정중한 예의　　　32
미시간의 달　　　34
황금새조롱을 들고 가는 남자　　　36
라디오 소리　　　38
말향고래　　　40
탐미적인 고양이　　　41
구름도감　　　42

2부

생각만 하는 새　　　45

방패연　　　46

뚱뚱한 슬픔　　　47

사막에서, 삼키다　　　48

튤립　　　50

마그리트氏의 점심 식사　　　51

마록의 햇볕　　　52

굴　　　54

황조롱이　　　55

튜바 부는 남자　　　56

오래된 머그잔　　　58

물 위의 마을　　　59

허공에서 사는 법　　　60

귀뚜라미　　　62

무지개　　　64

김을 기리는 노래　　　65

부엌 칸타타　　　66

비닐 속의 백일몽　　　68

육십령, 재를 넘다　　　69

연기　　　70

함박눈 속 공작단풍　　　72

장미묵주　　　74

껍질의 안쪽　　　76

이상한 이월　　　77

때밀이 성녀　　　78

서랍 속의 귀뚜라미　　　80

산왕거미　　　82

흑두루미천남성　　　84

끝물　　　86

3부

맨드라미　　　89

집시의 접시　　　90

무료 급식소　　　91

설국에서의 생애　　　92

버지니아 울프를 위하여　　　94

왕비의 수금　　　96

점등 축제　　　98

여백을 읽는 밤　　　100

낙타 시장의 낙타　　　102

말 헤는 밤　　　104

나비　　　106

홍시　　　108

황혼의 무덤　　　110

맑은 날　　　111

올해의 쿠키　　　112

얼음의 열반　　　114

마법은 풀리고　　　116

오늘이 그날이에요　　　118

눈 내리는 소리　　　120

눈보라　　　122

설인들이 설산에서 어슬렁거릴 때　　　124

달력을 넘기며　　　126

거미 은하　　　128

그림자 대국(對局)　　　130

작품 해설 / 엄경희

달콤한 허(虛)의 맛　　　133

1부

비누

백악기 공룡이 간빙기의 세면대 위에 낳은 알
내 진흙 손을 씻을 때마다 은하수의 별들 흘러내린다

염색 공장의 가을

오늘은 내 안에 내려쌓이는

낙엽들조차 빛을 게운다

바람에 나부끼는 빛의 만장들

오래 볕 바랜 감일수록 어룽 없이

물이 잘 먹는다

가을 얼비치는 가슴에

감기면서 벌써 올이 풀리는 빛의 타래들

염색 공장 양철 지붕을

땅거미 느리게 넘어간다

다른 세상의 달*

유골 단지를 끌어안고 누군가 한밤중

식어 버린 재 흩뿌리고 있다

뼈 타는 소리 밤새 이글거리는 허공 속

북극흰올빼미 한 마리 날아가고

휘몰아치는 눈보라

펄럭거린다

희디흰 페이지들

* 체로키 인디언들이 부르는 12월의 이름.

명사산

돈황 명사산에는 지금도
금모래 쓸어 올리는 바람 분다더라
모래알 사이 비집고 들어가
한 알 한 알 금종을 흔들어 댄다지
터벅거리며
고비사막을 횡단하는 줄낙타들 귓바퀴 속에
나선의 소용돌이 일으킨다네

저물도록 굽이치는 소리의 산

깨어지고 깎이고 닳아 가며
사십육억 년씩이나 태곳적 기억을 붙들고 있는
모래알 심장들
하나가 울면
또 하나 따라 울어
서로서로 가슴 쓸어 주며 떠는 것일까

허공과 대지
서로 마주 우는 거대한 소리굽쇠

황혼에 이끌려 온 낙타 무리
붉고 쟁쟁한 그 울음에
먹먹하게 귀가 머네

다이아몬드 별*

태양만 한 확대경이 필요할 거래
외눈알 보석상이 이 우주 다이아몬드를 감정하려면 말
이야
지구에서 오십 광년 떨어진 반인반마(半人半馬) 켄타우루
스자리
지름 천오백 킬로미터, 수백경 캐럿 다이아몬드 별

불꽃 튀는 살과 피의 핵융합 모두 마치고
이제는 심장이 타 버린 백색왜성

거대한 빙산처럼 우주 금강석이 떠다니는 하늘 아래
나는 먼지
먼지들과 더불어 몰려다니지
결혼식장에서 장례식장으로
장례식장에서 다시 결혼식장으로

그러면서 이를테면 천천히
죽은 별이 되는 거지

죽어서 별이 되는 거지

바다사자여 쉬어 가게

북태평양 어느 외진 섬이라도 괜찮지
자갈 쓸리는 바다 기슭이나 긴 모래밭인들 어때
점점 뚱뚱해지는 해진 자루 이끌고 와, 어쩌다
굼뜨게 뒤척이기도 하면서
일었다 스러지는 파도처럼
거기에서 나와 거기로 돌아가는 길, 잠시
파도 소리에 두 귀 활짝 열어 두고
볕이나 좀 쪼이다 가게
석얼음 떠다니는 북극해 이제껏 떠돌았으니
신천옹들의 날개 그늘 베링해협을 가로지를 때
바다사자, 그 눈망울에 섬 몇 송이
비쳐 들어도 좋겠네
해 질 녘 유령멍게들 알 낳는 울음소리 붉게 번질 때
펼쳐진 악보처럼 바다가 일렁일 때
늙은 바다사자여
커다란 눈 두어 번 꿈벅이다 가물가물 그렇게
눈감아도 좋으리
머나먼 해연으로부터 수만 가닥 실처럼 휘감아 오는
해초들의 노래에 저를 내어주고

노을과 파도로 짠 해먹에 누워 흔들려도 좋겠네
물결에 떠밀려 온 폐선들과
오래 닳아 빛나는 백골들이
해변의 묘지를 장식해 주겠지
그마저도 이윽고 삭아 파도 소리만 드높을 때
이미 스미고 없을 그대
아득한

심야식당

만개한 왕벚나무 아래서 고기를 굽는다

흑돼지 삼겹살 위로 떨어져 내리는 꽃잎들

소주잔들 부딪친다 술잔이 돈다

볼이 움푹 패게 봄밤을 빨아들이는 사람들

THIS를 피우며 이슥하도록 그들은

어디에도 없는 곳에 대해 이야기한다

어디서 나타난 것일까

꽃잎을 밟고 오는 검은 고양이

깊어 가는 밤

식당 안팎이 등불 속인 양 휘황한데

이게 바로 꿈

수국, 지다

링거병 매달고 집에 온 지 하루
너는 다시 실려 나가고
수국꽃 이울도록 돌아오지 않는다

바퀴벌레처럼 빠르게 증식되는 불안

시간이 느리게 발효되는 항아리들
묵직하게 늘어선 장독대
쐐기풀 무성한 마당, 온종일 네 그림자 어른거린다

이따금 다급히 울다 제풀에 잦아드는 전화벨 소리

낡은 처마 밑 왕거미줄에 맹렬히
파들거리던 한 마리 나비
마침내 고요해진다

바람도 없는데 저절로 여닫히는 대문

썰물 지듯 빠져나가는 저녁놀

대청봉에 서서

산등성이마다 호랑이들 엎드려
등허리에 가을볕
쪼이고 있다
물든 놈
물들어 가는 놈
놈들은 저마다 실눈을 뜨고
끝물 가을빛
한 방울 남김없이 빨아들이고 있다

팔월의 매장

관 위에 흙 떨어지는 소리
아직 내 두개골에 쟁쟁하다

팔월 땡볕 속
대지는 잠시 붉은 가슴을 열어
말없이 너를 받아들였지
팔월 땡볕 속
둘러선 이들의 고별사 구덩이에 무겁게 가라앉고
간절히 부르는 네 이름 위에
삼복의 서릿빛 국화는 떨어져 내리더라
관 위에 흙 떨어지는 소리
서늘하다 이내 무디어지고
팔월 땡볕 속
늙은 인부들의 묵묵한 삽질
토막 난 지렁이들 꿈틀거렸지
먹이를 가로챈 커다란 대합조개처럼
땅은 순식간에 닫혀 버렸어
팔월 땡볕 속
찐득거리는 그림자들

말라붙은 샛강들
가물가물 장의차는 돌아갔지
겹겹 종이꽃에 둘러싸여 흰 구름처럼
팔월 땡볕 속
부화를 기다리는 아주 오래된 알들과
싱싱한 주검들을 품은 채 산자락은
비릿하게 고요히 들끓고 있었네
팔월 땡볕 속

정오의 묘지

죽은 자들도 이따금

없는 입술로 담배를 빨지

뙤약볕 아래 숨죽인 줄무덤

드문드문 허술한 가묘들

보이지 않는 것이 아물거리며 피어오른다

무덤 속 무성해진 네 검은 머리채

언뜻 보이다 안 보이고

삭아 버린 귓바퀴에 고였다 잦아드는 소리들

시간이 더디 타들어 간다

정오의 묘지

명부의 눈빛인 양 달개비꽃

띄엄띄엄

서늘하다

말매미

견디다 못한 내압 터져 나온다
뙤약볕 아래 들끓는 압력솥들
울음 뜨거운 매미들
돌멩이들 달아오른다
그림자에도 진땀이 밴다

폭발 직전의 대기

팔월이다
멈춤 장치가 망가진 수천 대 녹음기를 품고
끈적한 비닐 테이프들 뒤엉켜 돌아간다
팔월은 팔월이다

울부짖는다
너는 울부짖는다
너는 쉬지 않고 울부짖는다

다 끝났다, 무대 위의 시간

까상까상
메마르고 텅 빈 악기들
보도블록 위에 떨어진다
밟힌다
짓밟힌다

그래, 불협화음이 너의 화음이다
그래, 울부짖음이 너의 노래다

정중한 예의

핏자국 위에 인부는 모래를 덮는다
다시 텅 빈 원형경기장

암흑의 방*에서 지금 막 끌려나와
어리둥절한 황소 앞에
이글거리는 햇빛
붉은 천 흔들어 대며
잡아 봐, 날 잡아 봐라 달아나는 그것
어리어리 흔들리는 그것을 쫓아
이글거린다 피의 숨소리
달아나며 부른다 투우사의 춤사위
번쩍거리는 의상은 죽음에 대한 정중한 예의
뿌옇게 일어나는 흙먼지 속에 뒤엉킨다 그림자
다시 쿵, 쓰러진다 그림자
잡힐 듯 잡힐 듯 달아나는 그것
쏟아지는 햇빛 속에 그림자놀이
뜨거운 피로 사들이는
차디찬 그것

모랫바닥에 벌겋게 번지는 핏물
피에 젖은 천들을 치우고

원형경기장에 인부는 다시 흰 모래를 덮는다

* 투우 경기 전 24시간 동안 투우는 빛이 완전히 차단된 방에 갇혀 있다.

미시간의 달

달 속에서

피아노의 흰 건반이 내려온다

접혀 있던 줄사다리 펼쳐진다

자작나무 숲에 쌓이는 달빛

쇠기러기 떼 달 가운데로 멀어져 간다

녹아내린 얼음물 속에 시리게 엉기는 달빛

일만 개의 호수

일만 개의 눈

나는 홀로 깨어 고드름 자라는 소리 듣고 있다

물의 눈동자들로 가득한

이국의 밤

황금새조롱을 들고 가는 남자

쏟아지는 햇빛 속을 걸어가지
중절모 눌러쓴 검은 양복의 남자
손에 들린 작은 새조롱
황금새조롱은
남자의 커다란 손아귀 안에서 대롱거리네

(이것은 흑백영화 한 장면이 아니야)

주택가 골목
물씬한 페인트 냄새 속
유월의 넝쿨장미들
화사해라
불의 넝쿨 뻗어 가는 태양
제 그림자 물고 있는 정오의 사물들

막다른 골목

(새의 지저귐 또한 그쳤네)

희게 덧칠한 철책들 위에
쏟아지는 햇빛

(이것은 복고풍 영화 얘기가 아냐)

(내 얘기는 더더욱 아니지)

라디오 소리

외딴집

허름한 처마

잠시 소나기 피하며 듣는다

가늘게 흘러나오는 라디오 소리

인기척 없는 문간방에서 혼잣말처럼 새어 나온다

쇠비름 붉게 기어가는 텅 빈 마당

다시 젖는 빨랫줄의 빨래들

흙벽에 붙어 비 그치기 기다리는 쉬파리들

지나간다 소나기

난데없이 들려오는 장닭 울음소리

젖은 볏을 털며 빨갛게

맨드라미 피어오른다

말향고래

밤, 시집 속에 코를 들이박고 깊은 향기 들이마신다. 책 속에서 문득 헤엄쳐 나오는 말향고래를 본다. 수압과 캄캄함을 견뎌 내며 뱃속에 모인 이물 덩어리 싸안고 돌았을 물 밑 시간들, 마침내 향기가 된 그 길 더듬어 간다. 숨이 차오른다 폐가 부풀어 오른다. 시간 시간마다 물 밖으로 올라가지 않으면 안 되었을 너, 말향고래여. 해저 이천 미터, 삼천 미터, 전선에 감겨 죽어 간 말향고래 이야기를 들은 적 있다. 너덜너덜해지는 거대한 몸, 이 밤 어둠 속에서 용연향을 사루는 뜻은 네 고통에 경배하기 위함이 아니다. 네 고통을 축제로 얼버무리려는 것 또한 아니다. 파도 아래 잠 못 드는 말향고래, 네가 바로 내가 삼켜 버린 심연, 나의 뮤즈, 내 안에서 흘러간 낮과 밤이기 때문이다

탐미적인 고양이

해거름 공터
버려진 소파 위에
고양이 한 마리 웅크리고 있다

떠돌이라고 언제나
먹이를 노리는 건 아니다

필름 여남은 통 분량의 저녁 어스름이
제 눈동자에 차근차근 찍히고 현상되어
이음매 한 군데 없이
텅 빈 허공에 인화되는 걸
어스름의 속도로 바라보는 중이다

이름하여
어스름 삼매

구름도감

　백과사전 어원사전 들추기도 시큰둥해질 때 눈을 들어 펼쳐 보는 구름도감 펼쳐 볼수록 페이지 한없이 불어나지만 네가 보는 것은 언제나 맨 앞 장, 그 한 장 안에 무수히 겹쳐 있는 페이지를 너는 다 읽어 내지 못한다. 이쪽 골짜기, 물소리 깊은 가평에서는 시끌벅적 물가에 가마솥 걸어 개장국 끓이고 너는 그 옆 간이 평상에 누워 개울물 소리 듣는다. 네 안에서 누룩도 없이 발효하는 구름도감 은밀히 펼쳐 본다. 개장국이 끓는 동안 잠시 사운거리는 나뭇잎들 사이로 책장을 넘긴다. 가마솥 위를 너울거리는 사향제비나비를 쫓다가 그만 어쩌다 책장 낱낱이 떨어져 나가고 내용이 송두리째 뭉개져도 그뿐. 원래 없는 책이기에 다시 덮을 일도 없는 구름도감 가만히 펼쳐 든다

2부

생각만 하는 새

날이 저문다 오늘도
새장 안에서 새는 생각한다
안데스산맥에 산다는 께찰을
잡히는 순간 죽어 버려
어디에도 가둘 수 없다는 새

새장 속의 새는 새가 아니다
그런 새는 새가 아니다

고개를 갸우뚱거리며 새는 생각한다
깃털을 뽑으며 새는 생각한다
나는 새다
아니, 아니다
생각하고
또 생각하며 생각한다
벌겋게 드러난 목덜미 다시 쪼아 댄다
제 머릿속 하늘을 물어뜯는다
발갛게, 빠알갛게

방패연

날아오른다
구멍의 힘, 없는 것의 힘으로

뻥 뚫린 가슴이
너의 부레
바르르, 파르르 떨며
날아오른다, 꼬리도 날개도 없이
그러나 도도히
하늘과 땅 사이
팽팽히
팽팽히 당기면서
시린 이마, 얇은 몸에 바람을 맞는다
바람에 휘둘린다
아니 아니 이제
바람을 탄다, 바람과
바람과 논다

가슴이 온통 뻥
뚫린 채

뚱뚱한 슬픔

신호 대기 중 불현듯 너는
변속기어를 만지작거린다
마음이
룽가들 펄럭거리는 히말라야
떠돌이 마부의 노랫소리 흩어지는 거기
날아갈 때
동굴 속 은수자
황톳빛 누더기 속에 슬며시 스며들 때

창
밖에는
가을 잠자리

너는 신호 대기 중
기침 쿨럭이며 살집 출렁거리며
지상에 붙들려
점점 더 부풀어 가는 너는
살찐, 참 뚱뚱한 비애

사막에서, 삼키다

손바닥의 알약을 보며
여자는 상상하지
바람에 나부끼는 미라의 긴 머리채
말라붙은 눈알에 흘러내리는 와디
피가 도는 팔다리를
덜그럭거리며 일어서는 낙타의 희디흰 늑골을
밤이면 전갈좌를 끌고 다니는 전갈을

눈을 들여다본 의사는 알약과 함께
인공 눈물을 처방해 주었어

온종일 귀를 세우고
미라 같은 여자는 물소리를 기다리지
그러나 내리면서 증발해 버리는
사막의 비

창가에 우두커니 서서
알약을 삼키는 미라를 생각하네
삼킬까 말까

망설이다가
꿀꺽,

튤립

나는 본다
구근을 찢고
몸의 심연에서
수직으로 피어오른
튤립
그 입술이 머금은
고요
반만 벌어진 새벽 어스름
인생에 대해
더 조그맣게 나는 입술을 오므린다
알뿌리의 기나긴 겨울
반만 말하자
반은
침묵

마그리트氏의 점심 식사

스카이라운지 옆으로 그을린 고깃덩이 같은
한 덩어리 구름, 느리게 떠간다

이 한낮, 氏는 홀로 양손에 포크와 나이프를 쥐고 한 덩
이 고기를 화사하게 썰고 있다. 마주 앉은 상대도 없이, 핏
물 살짝 배어 나오는, 미디엄 레어. 위장은 먹기도 전에 묵
직한데 氏는 여전히 허기지다 식욕 없이 먹는 밥은 허기지
다 혼자 먹는 밥은 먹어도 먹어도 허기지다 우아한 미소
자연스런 표정 연출 그러나 텅 빈 노을빛 눈 어쩌면 氏는
구름 스테이크만 자시고도 허기지지 않았다는 선조들이
부러운 건지도 모른다

위대한 맛들은 모두 사라졌다 그래 빛나는 접시 위, 말
없는 혀처럼 달라붙은 한 조각 끈적거리는 아스팔트 맛에
서 초원의 풀내음을 맡으려 코를 벌름거린다 氏는, 고개 들
어 건너편 빌딩 위로 느리게 흘러가는 구름을 그리운 얼굴
인 양 오래도록 바라본다

마록*의 햇볕

토카타와 푸가를 들으며 당신은
먼 이국에서 배추를 절이고
소금은 제 짠맛을 버리고 비로소 놓여납니다

마록의 흙집들은
납작하게 땅에 붙어 있어
허물어지면 그대로 흙이 된다지요
다만 볕을 쪼이며 누워 있는 가난한 사람들
거기 봉분 없는 무덤들을 나는 그려 봅니다
무덤의 머리와 다리 쪽에 돌멩이를 놓았다가
짐승이 건드리면 그 자리, 다시 땅으로 친다지요
산 자와 죽은 자들 사이좋게 섞여 있는 그곳에서
당신은 만년을 보내고 싶다는군요
오랜 볕에 바스라지는 노을빛 토기들처럼
무덤도 없이 흙으로 스미는 그들 곁으로 가시겠다고요
우울증에 시달려 온 당신은
가까운 사람을 자주 할퀴게 된다지요
뜨내기 여행객인 제게 당신 속내를 내비치시네요
저는 고슴도치 이야기를 무심히 흘립니다

다가가면 서로 찌르고
너무 멀리 떨어지면 추워 떠는 고슴도치들
그러나 찌르면서 찔리면서 들찔레마냥
얼크러질 일입니다 얼싸안은 채
찔레꽃이든 피에 젖은 불꽃이든 피워 올려야지요

지금 창밖 들녘엔 황금이랑 일렁이는 밀밭
흔적 없이 잘 바스러지기 위해서는
살아 있는 동안 햇볕을 흠뻑 빨아들일 일입니다

* 아프리카 모로코의 프랑스식 명칭.

굴

캄캄한

독방에

오래 갇혀

있으면

더러운 고독이 가래침처럼 들러붙는다

멀쩡한 얼굴이 심해어처럼 일그러진다

황조롱이

베란다 밖 에어컨 실외기 위에
황조롱이, 둥지를 틀었네
어쩌다 아파트 안의 눈길과 마주치면
어리둥절할 뿐
허공에 사는 인간에겐 도통 무심하였어
텔레비전에서는 밤마다
사라진 왕조의 흥망성쇠 되풀이되고
아파트 주민들은 그날이 그날인 날들 내내
무사하였지, 무사하였나
남편이 물어다 주는 고깃덩어리
꾸역꾸역 삼킬 뿐
날갯죽지 축축하게 비에 젖어도
움쩍 않는 황조롱이
충혈된 눈이 굽어보는
털북숭이 새끼들
비에 떨고 있는
피,
혹은 쇠사슬

튜바 부는 남자

불룩한 볼이
떨리는 목젖이
튜바를 분다
그의 오장육부를 팽팽히 말아 감은
그것을 그는 분다
빠르게 거칠게 감미롭게 쓰라리게
그 안의 어린 그, 젊고 늙은 그가
여럿이 홀로
튜바를 분다
그 안의 웅덩이
물렁한 돌
그 안의 기관차
그 안의 안개, 불과 바람이
튜바를 분다
버티고 선 두 다리, 꿈틀대는 근육들
부은 발등을 조용히 감싸고 있는 구두
그를 떠받치고 있는 붉은 대지가
튜바를 분다
온갖 숨결들의 크나큰 소용돌이

거대한 달팽이 같은
튜바

오래된 머그잔

언제부터 금이 갔을까
금 간 머그잔에
또다시 균열이 갔다
실금마다 커피물 배어 오르고
두개골에 뿌리내린 잡념처럼 온통
균열이 잔을 뒤덮은 후에도
잔은 깨어지지 않고 오래도록 그렇게
있었다
붕괴의 예감으로 지새운 밤들
장식장 한구석 먼지 속에 없는 듯
놓여 있었던 날들
저녁빛이 거실 깊숙이 스밀 때
오래된 그 잔을 보며 나는
상상해 보곤 한다
아직 빚어지기 이전의 어스름
흙, 물, 불과
바람의 시간을

물 위의 마을

캄보디아 톤레샵 호수
물 위에 떠 있는 허름한 집들
흔들리는 물결 위에서
애 낳고
밥 먹고
똥 누고
죽는 거래
출렁이며 떠다니는 거래
물 위의 교회
물 위의 주유소
물 위의 수퍼마켓
너는 오늘도 8차선 도로 위를 떠다니지
사무실에서 지하철에서 흔들리지
흔들리며
진흙탕 물결 속의 부레옥잠들을
떠올리는 거지
지붕에 누런 빨래 누런 구름 너펄거리는
물 위의 집들

허공에서 사는 법

고층 아파트 베란다 화분 속에서
도라지들 도라지꽃을 피운다

허공에 세 들어 나는 산다
줄에 매달린 거미처럼
허공에서 밥 먹고
허공에서 잠잔다

화분 안에서
꽃 피울 수 있을까, 나는

허공에서의 설거지
허공에서의 뜨개질

뿌리가 돋지 않는다
발바닥에 뿌리가 돋지 않는다

나는 오늘도 엘리베이터를 탄다

쇠사슬에 매달려 오르내리는
거미처럼

귀뚜라미

크라프의 마지막 테이프*를 보고 온 밤
지하 주차장에서 귀뚜라미와 마주쳤지
제 안의 릴테이프 풀었다 감고 되풀며 니힐
니힐 흘러가 버린 강물 소리
귀 기울이는 귀뚜라미

봄날의 수평선
물거품 꺼지는 소리

알람 소리에 쫓기던 벽 속의 날들
두꺼운 책 속의 나날들
구석에서 구석으로 내몰렸지
대도시의 밤
모자도 없이 모피 코트도 없이
물받이 홈통, 비상계단, 마침내 지하 주차장
그가 바란 건 다만 한 철
축축한 고요
튀어 오르네, 귀뚜라미
뒷다리에 감기는 잿빛 시간을 튕기며

저 멀리 미역 냄새 나는 더듬이 힘껏 뻗어 보네
차고 먼 북두의
별까지

무지개

가슴 갈피에 깊이 감춰 둔 마법의 머리띠 꺼내 쓴다

허공에게도 기분 전환이 필요한 날이 있다

김을 기리는 노래

오래전에 입맛을 잃어버렸지
식탁에 앉아
나는 구운 김을 보고 있네
바다 밑을 떠돌던 김의 고독에*
나 또한 네루다처럼 몸을 떠네
비밀의 문자, 흩어진 문장들 펄럭이는 바다
실오라기 기억들이 고스란히 저장된 마이크로 칩
심해를 떠도는 악보
김은 노래하지
바다의 깊은 심장이 피워 내는 검은 노래
적막 속에 듣네, 홀로 우두커니
아무도 없는 집
아침도 낮도 밤도 아닌 이런 때
시린 바다를 떠돌던 김의 목소리
마른 파도의 질감
미각을 잃어버린 내 혀 위에 올려 보네
거룩한 성체인 양

* 네루다의 「소금을 기리는 노래」에서 차용.

부엌 칸타타

저녁을 짓는다
부엌은 나의 제단
일상은 나의 거룩한 구유
나는 부엌의 사제
망사 커튼 드리운 서향 창
저녁놀 아래
희생 제물과 번제물을 마련한다
불과 샘 칼과 도마의 혼성4부합창
압력솥의 볼레로
냄비와 후라이팬과 주전자의 푸가
접시와 사발들의 마주르카
영대 대신 앞치마를 두른
나는 부엌의 제사장
부엌은 성스러운 나의 제단
쉭쉭대는 수증기 설설 끓는 국과 찌개들의 파르티타
당신은 즐겨 흠향하신다
삶의 싱싱한 비린내와 비루함의 비밀스런 비빔밥
수다스런 푸성귀들의 아삭거리는 음표들
당신이 가장 오래 음미하는 애끓는 간장

말 없는 섬유질의 혀
오늘도 나는 저녁을 짓는다
부엌, 아득할 것도 없는 나의 지평선
맵고 쓰고 짜고 시큼한
넘실거리는 한 잔, 나를 곁들여
참 까탈스런 미식가 당신에게 바친다
공손한 듯 삐딱하게
그래도 두근거리며

비닐 속의 백일몽

너는 비닐하우스에서 한밤중 출하될
백합꽃 수술 따는 일을 한다지
농장주가 틀어 놓는 보이소프라노의 음색이
백합꽃 위를 푸른 연기처럼 떠돈다며……?

벌어진 백합의 꽃술 조심스레 따 낼 때
어둠 속에 떠오르는 낯선 아랍 여인들
부르카 안에서 타오르는 검은 눈동자
너는 비닐하우스에서
졸음 겨운 눈을 자주 치켜뜬다 했어

이글거리는 백열등
비닐 벽에 어른거리는 그림자
비릿하게 스멀거리며 흘러 다니는 향기
거대한 비닐하우스 안에서 거세되기 이전
전생을 아니 후생을 꿈꾸는 것들

이것이 비닐 속의 백일몽

육십령, 재를 넘다

재에서 굽어보았지, 가을 산
북적이는 미용실
햇살의 가위질 소리
물씬한 염색약 냄새

물든다는 건 물 빠진다는 것
초록의 피 휘발한다는 것
속은 여전히 이글거린다는 것

재에서 굽어보았지, 가을 산
북적이는 미용실
햇살의 가위질 소리
물씬한 염색약 냄새

가을밤
펼쳐진 책갈피에 떨어지는
서릿빛 머리카락
녹슨
내 몸의 가랑잎

연기

눈에 갇힌 겨울
자주 창밖을 내다보았다

보일러실 높다란 굴뚝에서 피어오르자마자
흩어지는 연기
아파트 외벽을 쓸고 가는 구름 그림자
내가 말하려는 건
나를 애무하는 달콤한 허의 헛바닥
바람 불 때마다 내 안에서 너펄거리는
그것
그러나 정작 말할 수 없는 건
너덜거리는 나
저것은 404호의
저것은 1309호의
....
저것은 저것은 양치식물의 삼엽충의
끓는 가슴, 아니 연기, 아니 피
거대 공룡이 뒤돌아보던 중생대의 검붉은
노을의 재

어눌하게나마 내가 말하려는 건
그럼에도 불구하고 불타고 있는
내 안의 매캐한
바로 이것

함박눈 속 공작단풍

치렁하던 깃털
다 떨구었다
화장을 지우고
목걸이 귀걸이
거두어 냈다
앙상하다
녹슨 철골 구조물
이제 필요 없다
거짓 위로
필요 없다
색색깔 당의정
언 발치에
눈 맞고 있는 청춘의 혈서들
오래된 편지를 들춰 보는 일
아직 아릿하다
공작단풍
아무 가진 것 없이
구부러진 그대로
당당하다

텅 빈 여백이 그대 아우라다

함박눈 내리는 한낮

장미묵주

어둑한 복도
멈춰 선 휠체어들
반쯤 열린 병실
육아 잡지를 뒤적이는 만삭의 임산부
유리창에 시선이 못 박힌 알머리 여인
머리맡에 방전되어 버린 휴대폰
앙상한 손
그러쥔 장미묵주
맺혔다 구르고 굴러가다 멈칫거리는 빗방울
다시 흘러내리는 빗방울
파업 중인 부인과 병동
뒤섞인 난소암 환자와 임산부
간간이 당직 의사를 찾는 다급한 안내 방송
황급히 몰려가는 발소리
병원 복도를 울리는 신생아 울음소리
누군가 자꾸 이름을 부르는 소리
병든 둥지에 아이가 자라는 꿈
가물가물

그녀는 장미묵주를 움켜쥔다
기도의 말을 삼킨다

껍질의 안쪽

밖인가 안인가 이것

들여다보아도 모르는 깊이

아무도 모르게 버무린 심연의 침묵과

새벽 오로라

파도가 지우지 못한 그 내벽의 프레스코화

찬찬히

나는 다시 읽는다

전복의 속내

오래 들여다보아도 모르는 깊이

이상한 이월

커튼을 젖히자
성큼성큼 걸어오는 들소들
새벽안개 헤치며 움직이는 설화석고빛 뿔들

나는 첫 줄을 쓴다
꿈속인지 꿈 밖인지 모르겠다……고 쓴다
라스코동굴의 바로 그 들소 떼……라고 쓴다

꿈에서 얻은 시 한 편
흩어져 버리고
꿈 밖에서 찾아 헤매다 헤매다
이상한 이월……이라고 쓴다

무엇을 기다리는 것도
기다리지 않는 것도 아닌 이월
가는 것도 머무는 것도 아닌 이월

잃어버린 시 찾지 못해
가도 가도 내게는 이월
이상한 이월……이라고 쓴다

때밀이 성녀

당신 앞에 와 사람들은
벌거벗고 엎드립니다
자신을 더럽혀 가며 때를 밀어 주는
당신이 성녀입니다
엎드려 나는 당신을 봅니다
짝달막한 다리, 푸르딩딩하게 도드라진 정맥들
당신은 정맥류를 앓고 있군요
오글거리는 핏줄들 피부가 가까스로 싸안고 있네요
아직 새파란 당신 발톱의 붉은 페디큐어
당신의 한 빛깔을 흘끗 훔쳐봅니다
당신 안에 아직 뭉게구름 피어나고 있네요
아무도 모르지요
그 안의 돌개바람
오늘 나를, 당신께 맡깁니다
묵은 나를 벗겨 주세요
말 못하고 웃기만 하는 나를
갈수록 엉덩이가 무거워지는 나를
뻔하고 뻔뻔하고 옹졸한 나를
나도 속아 넘어가는 완벽한 나의 가면을

벗겨 버리세요 찢어 버리세요
나는 당신 앞에 던져진 질긴 한 덩이 반죽
당신께 내맡겨진 제물
그러나 나를 벗겨 내는 건 당신이 아니라구요?
반죽하는 건 당신이 아니라구요?
천장의 물방울이
달아오른 내 살갗에 서늘히
떨어집니다

서랍 속의 귀뚜라미

텅 빈 방
귀뚜라미 소리
구석에 몸 숨기고
아마도 까만 눈을 가리고
가슴 긁어 대며 운다
지구의 가을이다
오래된 백악기의 울음을 처음인 듯
운다
귀뚜라미여
네가 울어 빈 방이 운다
집이 울고 별들이 운다
은은히 은하가 운다 이슬이 희어진 후에도 운다
우는 귀뚜라미여
맘 놓고 울어 본 적 없는 서랍 속 울음
네게 있구나
더듬, 더듬거리며
나의 빈 방에 찾아든 손님
또다시 가을이 와도

철들지 않는
내 안의 귀뚜라미여

산왕거미

저녁 어스름과 미리내 별빛으로 손수 짠
너의 그물 침대는 산그늘에 걸려 있다
너는 기다림의 여왕
하루 또 하루
기다리는 것이 너의 일
그늘 서늘한 고요 좋긴 좋아도
어스름 미리내 별빛 좋긴 좋아도
빈둥거리다만 갈 수는 없다
뜨개질만 하다 갈 순 없다

하늘과 땅 사이
깔리는 땅거미
머나먼
미리내

그 사이

산왕거미
홀로 가득히 혼자다

이 바람 이 달빛 어디냐
이 고요가 글쎄, 어디냐

흑두루미천남성

서리 내리는 먼 하늘길 아니

오월 숲 그늘 여기

검은 목덜미 부벼대며 올라오는 두루미들

알뿌리 묵직해질수록 높이 꽃대는 솟는다

어둠이 사다리다

무거움이 힘찬 날개다

들어 올린다 허공에서 허공으로

서리 내리는 먼 하늘길 아니

숲 그늘 푸르른 지금, 여기

가느다란 발목에 무쇠공을 매단 채

검은 목덜미 부벼대며

두루미좌를 향해 올라가고 올라가고

날아 올라가는 두루미들

끝물

내일이 처서
구두 속에서 귀뚜라미가 튀어 오른다
신발 등의 주름들
솔질을 하고
말표 구두약 문질러 바른다
콧등에 광도 내 본다

내일이 처서
늦털매미 울음 부쩍 쇠어졌다
들끓던 대지 식히느라
연일 비 내리고
비 끝에 구름들 생겨나고 다시, 비
오신다

끝물 여름이
늙은 오이 꼭지에 쓰겁게 배어 오른다

3부

맨드라미

장맛비 속에서
축축하게 불타는
너를
본 순간
내 안에 점등되던 피
의
램프
내 안의 맨드라미
검은 심연에 심지
담그고
타오른다
쓰르라미 울음
빨아들인
맨드라미
그을음 없이 타는
대지의 불꽃
불의 음식만 탐하다
너덜너덜해지는
태양의 혓바닥

집시의 접시

달, 가득 찬 텅 빈 접시
　　집시들의 그림자 뼛속까지 달빛이 스며

어디로 쫓겨 갈까 집시들
　　체코로 헝가리로 루마니아로
　　　　다시 보헤미아 다시 코카서스

아홉 겹 누더기 속에서
　　잘라 내도 자라나는 바람의 발목
　　　　멈출 수 없는 피의 회오리

　　떨면서, 춤! 떨릴수록
　　　　오오, 춤!

어디로 돌아갈까 집시들
　　이 빠진 접시 던져 버리고
　　　　허기질수록 휘얼훨
　　　　　　은하 너머 모르는 은하로
　　이 시뻘건 진흙덩어리 다시 빛나는
별 될 때까지

무료 급식소

무채색 줄

구물구물 이어지고 있네

또 한 고비 넘기자며

퀭한 눈길들

말없이 오가네

끄덕거리네

김 오르는 커다란 국솥을 향해

굼틀거리네

허기진

봄날의 늙은 뱀처럼

설국에서의 생애

눈사람을 만들었지
눈 내리고 쌓이는 동안
문득
처마마다 고드름 녹아내리고
소리 없이 사라진 눈사람들

눈 오고
눈 녹는
그
사이
두근거리던 눈사람의 생애

그는
여기
설국에
살았더란다
해 뜨면 조용히 사라지는 나라

저 멀리

눈구름들 흘러오고
흘러간다

버지니아 울프를 위하여

별똥별 떨어지는 밤
파도 소리 들으며
버지니아 울프를 생각한다
제 안의 물로 돌아간 물거품을

다시 돌아오겠다는 듯이
밀려가고 밀려오는
지상의 탯줄을 못 끊겠다는 듯이
밀려갔다 밀려오는

밤
파도 소리

텅 빈 조가비들
덩그렇게
귀 기울이고 있다

별똥별 떨어지는 밤
주머니마다 돌을 채우고

한 발, 한 발 물로 걸어 들어가는
수많은 버지니아 울프들의 발걸음 소리

모래톱에 물 빠지는 소리
다시 차오르는 소리

허공을 가르며
별똥별
또
떨어진다

왕비의 수금

발굴 당시
한 유체의 손길이 수금에
닿아 있었다고 하지
사천육백 년 된 푸아비 왕비의 수금

들었을까 순금귀고리 늘어뜨린 왕비의 귀는
순장된 열 명의 여인들은
들었을까
나뭇잎사귀 같은 귀들은
귓가의 솜털들은
무덤 속에서
천천히 식어 가던 수금 소리를
명부의 푸르죽죽한 귓바퀴들은 들었을까
파리한 손가락들이
수금줄 위에서 떨며 멎었을 때
들었을까 그들은
귓가에 부딪치는 저승의 물결 소리를

무덤 전시장 바깥은 눈부신 햇빛

사천육백 년을 떨고 있는 수금줄
환청인 듯 내 귓전에 울리는
왕비의 수금 소리

점등 축제

한꺼번에 램프를 켠다, 벚나무들

컴컴해 불현듯 너무 환해 컴컴해

환(幻)이다 말하지 마 환(幻)이다

환할수록 환(幻)이다 쉿! 말하지 마

꽃 비린내 자욱하다 말하지 마 환(幻)이다 말하지 마

흐드러진 벚나무 가로수

탄천 검은 물가에 뭉게구름처럼 피어오른다

. . . .

비에 젖는 아스팔트, 흩어지는 환어 비늘들

어스름 귓속에 벌써 상한 아가미 벌름,

벌름

여백을 읽는 밤

열대야, 뒤척이는 밤

이백(李白)시선 1975년 초판본 민음사 값 700원
누런 시집을 들추자 황급히 숨는 희디흰 좀벌레들

백남준은 말했지
'달은 가장 오래된 TV'

바라보는 순간 허공에 켜지는 달
나타났다 사라지는 내 마음의 홀로그램
내가 바라볼 때 달도 나를 바라보지
서로를 되비추는 두 개의 거울, 두 개의 달

오늘 밤 내가 보는 달은
이백이 보던 달
백남준이 보던 달

열대야, 뒤척거리는 밤
자작나무 희디흰 재 같은 좀벌레들이

시 속의 달을 쏠아 먹는다
이백의 여백을 쏠아 먹는다
쏠아 먹고 쏠아 먹어도 둥그런 달

이백이 흘러가고 백남준도 흘러가고 은하의 별들도 좀벌
레도
나도 흘러가는 밤
흐르고 흘러서 사라져 가는 밤

묵은 시집 갈피에서 달빛이 흘러나온다

낙타 시장의 낙타

시끌벅적한 장터에

낙타는, 있다

상인들의 왁자한 흥정 속에, 돈 세는 소리 속에

고요히, 낙타는 있다

그늘진 속눈썹

우물거리는 입

되새김질하고 있다

코뚜레 모래바람 사막의 별빛

오래 오래 되새김질하고 있다

오랜만에 내가 만난

장터의 반가사유상

말 헤는 밤

잠 안 오는 밤
옛 시인은 별을 헸다지
타짜들 눈엔 그리운 화투패 어른거린다지
가도 가도 잠 안 오는 이런 밤
머릿속 맑개지고 푸르러지는 이런 밤
양 한 마리 양 두 마리 열 마리 아흔아홉 마리……
별 하나 너 하나 별 둘 너 서른…… 나 아흔……
헤다 헤다 말고
점점 더 맑개지는 이런 밤
실솔들만 깨어 있는 이런 밤
난 그냥 말이랑 놀지
말 중 가장 무심한 말, 물을 끌어와
물을 끌어오니 불 풀 뿔 술 굴 꿀 줄줄이 끌려오네
툭, 놓아 버리지
줄에 꿰인 구슬인 양 흩어지다 금세 다시 어우러지지
기름한 소용돌이를 이루지
이제 실 한 오리가 필요해
창자 속 깊이 삼켰다가 목구멍으로 꺼낸 실
네 피가 묻어 있는 끈 말이야

피 묻은 실에 꿰인 말들의 회전목마
말의 행성들
말들의 은하
말발굽 소리 속에 어슴푸레 밝아 오네
파리한 새벽
피가 너무 많이 새어 나가는
깊은 밤 말놀이

나비

열렸다 닫혔다 하며 날아다니는 소책자

세상에서 가장 얇은 전집

표지도 서문도 추천사도 없는

표지가 곧 내용인

누구도 읽은 적 없는 올봄의 신간

나비 채집광 나보코프조차 읽어 내지 못한 신비의 책

읽으려 들면 휘발해 버리는 비밀의 금박 문자

허공에 찍는 태양의 무늬

샤프나 플랫이 여럿 붙은 춤추는 악보

바람결에 흔들리는 돛단배, 몸보다 커다란 날개 속에 떨림을 감춘

무작정 떠나고 보는 탐험가

배낭도 나침반도 향기 지도도 없이

바람에 나부끼는

너는 늘 네 일에 열중하지

긴 더듬이로 빛의 씨실 날실 더듬으며

꿀샘 깊숙이 대롱을 꽂고

작은 몸 떨면서 꿀을 음미하지

허나 뭐니 뭐니 해도 나의 시선은 시멘트 담벼락 위 내

려앉은

　네 가느다란 다리에 머문다네

　그리고 너무 작은 내 발 들여다보지

　가까스로, 이 땅에

　서 있는

홍시

누구에게 전할까, 이 등불을

비에 젖지 않는

바람 불어도 꺼지지 않는

태양과 대지의

피의 결혼

높은 나뭇가지에서

뜨거운 피 두근거리는 도마뱀같이

천둥소리에 흠칫흠칫 놀라던 밤들

볕 따가운 대낮들

내 두 손에 받쳐 든다

피의 등

환한 등신불

황혼의 무덤

팽팽하다
부풀어 오른 침묵의 표면장력
크나큰 검은 이슬방울 같은 것
터질 듯 고여 있다
종이컵에 참이슬을 따라 나는 망자(亡者)에게 권한다
여전히 불타고 있는 질문들
그 위에 술을 붓는다
불쑥불쑥
튀어 오르는 송장메뚜기들

황혼빛 물드는
침묵의 만삭

맑은 날

온 우주가 온통 가없는 거울이다

나 아무 데도 둘 데 없어 사방을 두리번거린다

올해의 쿠키

태양의 구릿빛 오븐 안에서
나뭇잎 쿠키들이 익어 간다

금값이 치솟든
암소값이 곤두박질치든
휘발유값이 오르내리든
잠수함이 침몰하든
어디서 또 미사일을 쏘아 올리든

지난여름 매미는 살아남아 맹렬히 태양의 오븐을 달구
었다
나뭇가지마다 쿠키들이 익어 가는 지구의 가을
오크통 속에서 포도주 더 그윽해지는 지구의 가을

오존층에 구멍이 뚫리든
빙하가 녹아내리든
어디서 섬들이 가라앉든
태양의 구릿빛 오븐 안에서 가을날의 쿠키들이 익어 간다
말머리성운도 고개를 돌려

지구별의 가을을 굽어본다
코를 벌름거리며 냄새를 맡는다
해가 갈수록 그것은 내게
더 아삭바삭거리고 눈부신
금빛
올해의 쿠키

쓰나미가 쓸어 가는 화면이
눈앞에서 연거푸 생생하게 재생된다
포도주를 마신다
나날이 둔감해지던 내 혀의 미뢰들이 깨어난다
어디서 철 늦은 쓰르라미 운다

얼음의 열반

딱딱한 물의 혀
들을수록 말랑말랑해

얼음의 독백* 뜨거운 사진전
아이스 붓다, 아이스 마릴린 먼로
사진 속 얼음흉상들
며칠째 천천히 녹는 중
한 겹 한 겹 벗겨지는 얼음의 껍질
얼음입술 얼음코 얼음머리카락 얼음생각 얼음심장
마침내 굴러떨어지는
얼음두개골

얼음덩어리에서 피어오르는 피와 살의 향내
얼음덩어리에서 피어오르는 구름

내 눈동자에 어리는 눈부처

얼음의 열반
얼음의 승천

아니
재림

마법은 풀리고

눈이 내렸지 밤새, 봄날의 눈
희붐히 빛나던 어둠
눈 향기 취해 사뭇 고요했지
그런데
순록들은 어디로
이글루는 다 어디로 갔지
태양이 떠오르자 풀려 버린 마법
눈 쌓인 지붕들 금세 볕단풍 들고
소리 풀려나 소란스런 세상

꿈결 같애
거짓말 같애

앙상히 드러나는 시간의 골조
눈앞에서 감쪽같이 사라지는 눈 발자국
아직 어리둥절해
사실, 늘 어리둥절해
너무 멀쩡한 세상
그래 주문인 양 은밀히 불러 보지

그리운 눈, 눈 형제들
진눈깨비 안개 는개 이슬비
서리 성에…… 우박 구름 무지개 쌍무지개

오늘이 그날이에요*

— 아내는 미국 여자랍니다
그녀가 평화봉사단원으로 한국에 왔을 때 난 대학생이
었지요
직장은 일본 유수의 전자 회사
지금은 호주로 파견 나가 있어요
전공요? 독문학 했어요
홀어머니 홀로 울산 울주군 간절곶에 계시지요
프랑스엔 잠시 출장 나왔어요
집에 전화하면 넷째 딸이 받아
"헬로우, 대디!"

— 여태 혼자의 쓴 그늘 씻어 내지 못하셨군요

— 아, 이 그늘…………
김 오르는 하얀 쌀밥 냄새 몹시 그립군요
얼마만에 해 보는 우리말인지…………
이제 곧 어스름 저녁이면 그림자도 스며들지 않겠습니까
유행가 한 자락 불러 드리고 싶군요
그런데 어쩌지요

정말 한 시절 유행처럼
기억들이 죄다 흘러가 버렸네요

.

* 호주 원주민 참사람 부족의 인사말로 "안녕하세요."에 해당하는 말.

눈 내리는 소리

허 허
허 허 허
허는 무거워 가볍고 무거워
하 하 하
하 하
너무 크고 너무 밝아
호호호 후후 흐흐
아니 그것도 아니
ㅎ ㅎ ㅎ ㅎ ㅎ
ㅎ ㅎ ㅎ ㅎ ㅎ

거참, 아무래도 다시
허 허 허
허 허 허 허 허

눈이 내린다

쌓여도 쌓여도 허는, 허
먹어도 먹어도 허기는, 허기

몰려가고 몰려다녀도 한기는, 한기

눈보라 흩날리는 자작나무 숲
눈표범 나타났다 사라지고 눈표범 사라졌다 나타나고

        ㅎ ㅎ ㅎ ㅎ ㅎㅎ ㅎ
    ㅎ ㅎ ㅎ ㅎ ㅎㅎ ㅎ
ㅎ ㅎ ㅎ ㅎ ㅎㅎ ㅎ

눈이
눈이 날린다
허의 깃털, 허의 거품
눈이, 눈이 날린다

눈보라

석쇠가 달아오른다

꼼장어들 붉게 꿈틀거린다

때 아닌 눈보라

비닐 천막이 펄럭거린다

하늘과 땅 사이 메워 버릴 듯

지상의 온갖 것 쓸어 버릴 듯

눈보라 눈보라 휘몰아친다

자동차 헛바퀴 구르는 소리

거리의 수런거리는 소리들

불현듯 천막을 열어젖히면

무한 허공

너덜거리며

추억의 릴테이프 돌아간다

설인들이 설산에서 어슬렁거릴 때

오랜만에 해가 났지
여섯 달째 계속된 미시간의 겨울
얼음 폭풍 속
사납게 으르렁거리던 맘모스들
더 북쪽으로 물러나고
(설인들은 아직 거기 설산에서 어슬렁거리겠지)
눈 치우러 나온 이웃들, 햇살 아래서
겨울 동안
사라진 노인들과 새로 태어날 아기들 얘길 하지
양상추와 양고기와 딸기를 사러
생수와 면도기와 기저귀를 사러
대형 수퍼마켓에 몰려들 가고
더러는 컴퓨터 앞에서
태어날 아기의 별점을 치네
오늘의 운세 위에 가볍게 클릭하지
유리창 밖 번쩍거리는 강철 고드름
낙숫물 소리
히말라야삼나무 치렁한 그늘 밑
맘모스들 보이지 않고

아직 여기
희푸르게 빛나는 잔설
제때 부치지 못한
편지

달력을 넘기며

눈 그친 숲

홀연히 솔잎들 내려앉는다

이상한 나라의 자음과 모음들

연필 자국 빗금들

희디흰 공책에 얼기설기 그어지는 먼 소식

비밀스런 페이지 채 읽기도 전에

넘어간다, 펄럭

토끼 꼬리만 한 겨울 해

넘어가고 넘어간다

휘청, 휘다 펴지는 나뭇가지

새는 날아간 지 오래

찢어진 마음의 공책 다시 펄럭거린다

거미 은하

하 내 파 불 자 침 그 오 그 수 빛
늘 마 닥 러 욱 침 이 늘 들 수 나
에 음 거 본 한 하 름 밤 을 광 지
서 뒤 릴 다 이 거 에 나 부 년 않
거 엉 때 　 름 나 묻 는 른 아 는
미 겨 　 　 들 빛 어 거 다 득 별
줄 　 　 　 나 나 미 　 한 은
이 　 　 　 거 는 의 　 은 없
내 　 　 　 나 거 가 　 하 다
려 　 　 　 가 미 슴 　 　 너
올 　 　 　 물 들 으 　 　 무
때 　 　 　 거 의 로 　 　 멀
　 　 　 　 리 희 　 　 　 리
　 　 　 　 거 노 　 　 　 있
　 　 　 　 나 애 　 　 　 을
　 　 　 　 락 　 　 　 　 뿐

검정과부거미

공주거미 촌티늑대거미

골목왕거미 콩왕거미 긴호랑거미

금두더지거미 꽃왕거미 도토리거미 흰눈썹깡충거미

꼽추응달거미 멍게거미 방울늑대거미 석점박이꼬마거미

붉은가슴염낭거미 먹눈꼬마거미

엄지유령거미 선녀거미 이끼왕거미 왕관응달거미

외줄거미

화엄접시거미 층층거미 먼지거미

서성거미 발자국거미

손짓거미

．．．．．．．．．．．

그림자 대국(對局)

따악

딱

바둑돌 놓는 소리

숨소리 혼곤한 한밤중 환한 거실 마루

고요 속에 홀로 가래를 돋우며 오래된 엔진 쿨럭거리며

밤새 복기한다

무너지기 전에는 보이지 않는다

돌과 돌들이 만드는 그림자 지도

뚜벅뚜벅

아니다, 이번 판은 성큼성큼

돌을 놓는다

그림자 마주한 한밤의 바둑

유리창에 희끗희끗 스치는 눈발

돌을 놓는다

폐허에

마음의 폐허에 돌을 놓는다

달콤한 허(虛)의 맛

엄경희(문학평론가·숭실대 국문과 교수)

　시를 형상화하는 방식에는 여러 가지가 있을 수 있지만 크게는 두 가지 형태로 대별될 수 있다. 하나는 경험적 현실을 기반으로 하는 리얼리즘적 방식이며 다른 하나는 경험적 현실을 벗어나 환상을 구축하는 방식이다. 리얼리즘적 방식이 생활세계와 일상성, 나아가서는 사회와 역사의 지평을 상상의 토대로 삼는다면 환상을 구축하는 방식은 이 모두를 수면 아래로 가라앉히고 오로지 시인의 내면에서 생성되는 감각의 지평을 상상의 토대로 삼는다. 박은율 시인의 시적 상상은 이 둘 사이에서 부유한다. 그는 경험을 바탕으로 하는 일상성에 깊게 뿌리내리지 않는다. 아울러 경험 밖에 있는 환상의 세계를 고집하지도 않는다. 보다 정확히 말하자면, 그의 상상력이 전개되는 경험적 현실은 지금 이곳에서 벌어지는 생활세계로부터 멀리 떨어져 있다. 그렇기 때문에 그의 시의 질감은 먼 별처럼 아련하다. 예를 들면 "외딴집// 허름한 처마// 잠시 소나기 피하며 듣는다// 가늘게 흘러나오는 라디오 소리// 인기척 없는 문간방에서 혼잣말처럼 새어 나온다"(「라디오 소리」)와 같은 구절에는 적막한 파장의 번짐이 있다. 외딴집에서 가늘게 흘러나오는 라디오 소리를 듣는 일은 경험 가능한 것이다. 그럼에도 이러한 풍경은 왠지 비현실적인 느낌을 자아낸다. 그의 시에서 대기적 혹은 공기적 이미지들이라 할 수 있는 먼지, 아지랑이, 구름, 눈보라, 연기, 달빛 등의 잦은 출몰 또한 이러한 시적 질감을 자아내는 중요한 요소로 볼 수 있다.

시의 형상화 방식은 곧 한 시인의 상상의 틀이라 할 수 있다. 이는 시의 표면에 드러난 언어적 표상물이기 이전에 시인의 지향과 인생관을 용해하는 과정을 포함한다. 그런 의미에서 시적 형상화 방식은 곧 시인이 이 세계에 혹은 자신에게 대응하는 방식이라 할 수 있다. 그렇다면 박은율 시의 표면에 드러난 아련한 풍경은 시인의 어떤 내면을 지시하는 것일까? 경험 가능한 것들을 비현실적인 느낌으로 바꾸어 놓는 방식에는 그의 유미주의적 시선과 사물관 혹은 인생관이 깔려 있다. 그의 시선은 현실의 극렬함을 제어한다. 동시에 터무니없는 환상의 공허함 또한 제어한다. 숨막히고 고통스러운 현실이 그의 내면을 통과하고 나면 느리고도 고요한 풍경으로 정화된다.

> 스카이라운지 옆으로 그을린 고깃덩이 같은
> 한 덩어리 구름, 느리게 떠간다

이 한낮, 氏는 홀로 양손에 포크와 나이프를 쥐고 한 덩이 고기를 화사하게 썰고 있다. 마주 앉은 상대도 없이, 핏물 살짝 배어 나오는, 미디엄 레어. 위장은 먹기도 전에 묵직한데 氏는 여전히 허기지다 식욕 없이 먹는 밥은 허기지다 혼자 먹는 밥은 먹어도 먹어도 허기지다 우아한 미소 자연스런 표정 연출 그러나 텅 빈 노을빛 눈 어쩌면 氏는 구름 스테이크만 자시고도 허기지지 않았다는 선조들이 부러운 건지도 모른다

위대한 맛들은 모두 사라졌다 그래 빛나는 접시 위, 말 없는 혀처럼 달라붙은 한 조각 끈적거리는 아스팔트 맛에서 초원의 풀내음을 맡으려 코를 벌름거린다 氏는, 고개 들어 건너편 빌딩 위로 느리게 흘러가는 구름을 그리운 얼굴인 양 오래도록 바라본다

　　　　　　　　　　—「마그리트氏의 점심 식사」 전문

초현실주의 화가 르네 마그리트를 상상하며 쓴 것으로 보이는 이 시는 우리들이 흔히 경험하는 분망한 '식사'와

는 전혀 다른 장면을 연출해 낸다. 이 시에 등장하는 마그리트氏는 스카이라운지에 앉아 한 덩이의 묵직한 스테이크를 마주하고 있다. 이 식사 장면은 우아하고 화사하다. 그러나 마그리트氏는 식욕이 없다. 그는 식욕이 없기 때문에 허기지고 혼자이기 때문에 허기지다. 이때 시인은 한낮에 흘러가는 한 덩어리 구름과 한 덩어리 고기를 병치시킨다. 한 덩이의 고기를 구름으로 대체하고 싶은 욕구가 여기에 내포되어 있는 것이다. 묵직한 고깃덩어리를 가볍고 느리고 허(虛)한 구름으로 대체하고 싶은 욕구에는 "위대한 맛들은 모두 사라졌다"라는 세계 인식이 담겨 있다. "끈적거리는 아스팔트 맛"과 함께 버무려진 한 덩이의 '문명'을 시인은 거부하고 싶은 것이다. 그러한 거부의 심리가 '구름'이라는 상징적 사물을 낳았다 할 수 있다. 사실 "구름 스테이크"야말로 얼마나 허기진 몽상인가? 인간의 이빨과 위장은 늘 기체가 아니라 묵직한 고체 덩어리를 욕망하지 않던가? 그런 의미에서 씹을 것도 없는 저 몽환적 사물은 '고기'가 함축하는 과도한 탐식의 욕망을 벗어나고자 하는 역설을 함축한다. 이러한 상상 구도가 바로 박은율의 유미주의적 시선이라 할 수 있다. 그러나 한 가지 염두에 둘 것은 그의 시에서 위에 인용한 「마그리트氏의 점심 식사」처럼 문명 비판적 혹은 현실 비판적 의미를 직접적으로 드러내는 시편이 지극히 드물다는 점이다. 시인은 비판적 언술을 자제하고 그의 에너지를 자신의 내면으로 굴절시킨다.

달 속에서

피아노의 흰 건반이 내려온다

접혀 있던 줄사다리 펼쳐진다

자작나무 숲에 쌓이는 달빛

쇠기러기 떼 달 가운데로 멀어져 간다

녹아내린 얼음물 속에 시리게 엉기는 달빛

일만 개의 호수

일만 개의 눈

나는 홀로 깨어 고드름 자라는 소리 듣고 있다

물의 눈동자들로 가득한

이국의 밤

　　　　　　　　　　　—「미시간의 달」 전문

이국의 겨울밤 화자는 자신의 고독감을 차고 적막한 풍경으로 그려 낸다. 이 시의 주요 제재인 달빛은 "피아노의 흰 건반"으로 치환됨으로써 맑고 차가운 음향을 얻게 된다. 환한 달빛이 피아노 건반처럼 퍼져 있는 겨울밤의 풍경 속에 자작나무 숲과 날아가는 쇠기러기 떼가 있다. 그리고 하방(下方)으로 시선을 내리면 얼음 호수 속으로 달빛이 엉긴다. 이 겨울밤의 풍경은 한 고독한 이방인의 내면 풍경을 살려 내는 데 부족함이 없다. 달빛에 싸여 있는 자작나무 숲과 쇠기러기 떼, 그리고 녹아내린 호수의 얼음물이 어우러져 차가운 공기의 적막을 극대화하기 때문이다. 이때 화자는 "나는 홀로 깨어 고드름 자라는 소리 듣고 있다"라고 고백한다. 그는 들리지 않는 소리, 들을 수 없는 소리 속으로 고요히 빠져들고 있는 것이다. 이 시의 아름다움은 여기에 있다. 깊고 내밀한 고독의 정점은 침묵이다. 화자는 침묵의 세계 속에 자신의 영혼을 내려놓음으로써 고독감을 고요하게 받아 낸다. 이러한 내면적 절제가 "물의 눈동자"라는 서늘한 '눈물' 표상을 낳을 수 있는 동력이라 할 수 있다. 달빛의 잔광을 반사하는 얼음물은 '물의 눈동자'이면서 동시에 침묵 속 자신의 고독을 응시하는 화자의 눈동자이기도 하다. 차가운 물을 머금은 눈동자의 밤. 그것이 바로 박은율이 그려내는 고독이며 침묵이다. 다른 시 「산왕거미」에서, 시인은 이 같은 고독의 충만을 "산왕거미/ 홀로 가득히 혼자다/ 이 바람 이 달빛 어디냐/ 이 고요가 글쎄,

어다냐"라고 쓰기도 한다.

이러한 고독의 내밀함을 드러내기 위해 시인은 피아노 건반의 사다리와 쇠기러기 떼가 지닌 역동성을 달빛의 고요한 눈부심 안으로 몰아넣는다. 다시 말해 정적인 풍경 속에 동적인 사물을 싸안음으로써 그 적막감을 강화하고 있는 것이다. 이는 역으로 역동적인 이미지로 정적인 상황을 해체하는 것으로 나타나기도 한다.

유골 단지를 끌어안고 누군가 한밤중

식어 버린 재 흩뿌리고 있다

뼈 타는 소리 밤새 이글거리는 허공 속

북극흰올빼미 한 마리 날아가고

휘몰아치는 눈보라

펄럭거린다

희디흰 페이지들

───「다른 세상의 달」 전문

죽은 자의 식어 버린 재를 흩뿌리는 한밤중의 풍경은 적
막하다. 그러나 그 적막함 안에는 죽은 자를 떠나보내야
하는 사람의 외로움과 깊은 슬픔이 내재해 있다. 시인은 이
러한 슬픔의 무게를 허공 속 "북극흰올빼미"와 세차게 휘
몰아치는 "눈보라"의 이미지로 대체한다. 상실의 아픔과 고
통이 극한에 이르렀을 때 우리의 내면은 추운 허공을 가로
지르는 새처럼 혹은 대기 속을 휘몰아치는 눈보라처럼 자
신을 쏟아 낼 수밖에 없을지도 모른다. 그것은 지극한 슬
픔 속에 빠진 자의 몸부림이며 눈물이다. 이같이 슬픔의
감정을 이미지로 과감하게 대체하는 형상화의 논리에는 감
상주의적 태도를 최소화하려 하는 자기 통제력이 숨어 있
다. 감정의 절제는 시의 품격과 밀도를 높여 주는 중요한
원리라 할 수 있다. 여기서 다시 한 번 박은율의 유미주의
적 태도를 감지할 수 있다. 그는 통곡의 장황함을 이와 같
은 이미지로 대체함으로써 담박한 시의 맛을 살려 내는 것
이다. 이때 통곡의 곡진함은, 죽은 자와 남은 자의 수많은
사연은 "희디흰 페이지들"에 의해 정갈하게 덮인다.

　그러나 슬픔과 아픔을 덮어버리는 이 '희디흰 페이지들'
의 이미지는 정갈하지만 허무의 여운을 깊게 남긴다. 이 대
목에서 「마그리트氏의 점심 식사」의 "구름 스테이크", 「미
시간의 달」의 고드름 자라는 '침묵의 소리'를 상기할 필요
가 있을 듯하다. "희디흰 페이지들"을 포함해서 이 모두는
무형(無形)이거나 무음(無音)에 가까이 접합되어 있는 것들

이라 할 수 있다. 시인은 기록(글자)을 지우고 단단한 형체를 거부하고 소리를 소멸시킨다. 증발해 버릴 것 같은 이 이미지들에는 삶에 대한 시인의 지향이 함축되어 있다. 「다이아몬드 별」에서 시인은 "거대한 빙산처럼 우주 금강석이 떠다니는 하늘 아래/ 나는 먼지/ 먼지들과 더불어 몰려다니지/ 결혼식장에서 장례식장으로/ 장례식장에서 다시 결혼식장으로"라고 고백한다. 「연기」에서는 "내가 말하려는 건/ 나를 애무하는 달콤한 허의 혓바닥/ 바람 불 때마다 내 안에서 너펄거리는/ 그것"이라고 말한다. 이와 같은 시 구절에는 인간존재에 대한 명백한 자각이 내포되어 있다. 무(無)로 환원되어 가는 구름 스테이크나 침묵의 소리, 희디흰 페이지들은 피할 수 없는 인간존재의 한계상황과 닮아 있다. 그것들은 '먼지'로 환원될 '나'의 미래와 크게 다르지 않다. 존재에 대한 이와 같은 자각이 허무의 정념을 낳는 것은 자연스러운 일이라 할 수 있다.

거참, 아무래도 다시
허 허 허
허 허 허 허 허

눈이 내린다

쌓여도 쌓여도 허는, 허

먹어도 먹어도 허기는, 허기
몰려가고 몰려다녀도 한기는, 한기

눈보라 흩날리는 자작나무 숲
눈표범 나타났다 사라지고 눈표범 사라졌다 나타나고
—「눈 내리는 소리」 부분

　흩날리는 눈발을 보며 화자는 '허'와 '허기'와 '한기'를 말
한다. 허(虛)는 존재의 배고픔이며 추위이다. 쌓여도, 먹어
도, 함께 몰려가도 허를 막을 길은 없다. 흩날리며 나타났다
사라지는 눈발의 풍경에는 생멸의 드라마가 압축되어 있다.
또 다른 시 「설국에서의 생애」에 보이는 "눈사람을 만들었
지/ 눈 내리고 쌓이는 동안/ 문득/ 처마마다 고드름 녹아내
리고/ 소리 없이 사라진 눈사람들"이라는 구절 또한 이러한
존재의 허무를 드러낸 경우라 할 수 있다. 중요한 것은 시인
이 인간존재의 한계상황으로부터 연원한 허무의 정념을 삶
밖으로 밀어내지 않는다는 점이다. 그는 '구름 스테이크'와
'침묵의 소리'와 '희디흰 페이지'를 적대시하지 않는다. 오히
려 그것들을 상상함으로써 존재의 진실을 자신의 삶 안쪽
으로 수렴시키고자 한다. 「방패연」의 "날아오른다/ 구멍의
힘, 없는 것의 힘으로/ (중략)/ 바람을 탄다, 바람과/ 바람과
논다// 가슴이 온통 뻥/ 뚫린 채"와 같은 구절에서 발견되
는 "없는 것의 힘"을 그는 사유한다. 방패연은 중앙에 뚫린

허공의 힘으로 날아오른다. '없음'의 동력이 '있음'을 낳고 있는 것이다. 이와 같은 사유는 존재의 허무를 비탄으로 몰아가지 않게 하는 일말의 힘이 된다. 그것은 저 방패연처럼 허공의 바람과 놀 수 있는 경지까지는 아닐지라도 적어도 '먼지'가 될 존재의 상황을 끌어안을 정도의 에너지는 될 것이다. 이러한 에너지가 인간존재에 대한 미의식을 저버리지 않게 하는 요인으로 작용하는 듯하다.

언제부터 금이 갔을까
금 간 머그잔에
또다시 균열이 갔다
실금마다 커피물 배어 오르고
두개골에 뿌리내린 잡념처럼 온통
균열이 잔을 뒤덮은 후에도
잔은 깨어지지 않고 오래도록 그렇게
있었다
붕괴의 예감으로 지새운 밤들
장식장 한구석 먼지 속에 없는 듯
놓여 있었던 날들
저녁빛이 거실 깊숙이 스밀 때
오래된 그 잔을 보며 나는
상상해 보곤 한다
아직 빚어지기 이전의 어스름

흙, 물, 불과

바람의 시간을

—「오래된 머그잔」 전문

불룩한 볼이

떨리는 목젖이

튜바를 분다

그의 오장육부를 팽팽히 말아 감은

그것을 그는 분다

빠르게 거칠게 감미롭게 쓰라리게

그 안의 어린 그, 젊고 늙은 그가

여럿이 홀로

튜바를 분다

그 안의 웅덩이

물렁한 돌

그 안의 기관차

그 안의 안개, 불과 바람이

튜바를 분다

버티고 선 두 다리, 꿈틀대는 근육들

부은 발등을 조용히 감싸고 있는 구두

그를 떠받치고 있는 붉은 대지가

튜바를 분다

온갖 숨결들의 크나큰 소용돌이

거대한 달팽이 같은

튜바

　　　　　　　—「튜바 부는 남자」전문

　이 두 편의 시는 4원소에 대한 상상력을 동반한다는 점
에서 공통적이다. 「오래된 머그잔」에 보이는 온몸이 실금의
균열로 가득한 머그잔은 붕괴 직전에 놓인 한 존재의 시간
을 알레고리한다. "저녁빛이 거실 깊숙이" 스며드는 박명(薄
明)의 시간 속에서 시인은 머그잔의 실금을 보며 존재의 늙
음과 소멸을 떠올렸을 것이다. 오래된 머그잔의 몸은 무너
질 것이고 그것은 언젠가 이 우주의 먼지가 될 것이다. 그
러나 시인의 상상은 머그잔이 빚어지기 이전으로 거슬러
올라간다. 생명 이전의 원소론적 세계로 그는 오래된 머그
잔을 이끌고 가는 것이다. 흙과 물, 불, 바람의 시간을 지
나 우주의 '먼지'는 한 존재로 뭉쳐지고 다시 해체된다. 그
것이 자연의 이치이며 존재 생멸의 드라마이다. 그렇다면
우리는 모두 우주의 4원소로 이루어진 생명이며 죽음이다.
이 자명한 이치 안에 허무가 있고 허기가 있다. 그러니 그
허무와 허기를 용인하고 끌어안아야 하는 것이다. 박은율
의 '허(虛)'의 맛이 슬프지만 달콤한 이유가 여기에 있다.
　「튜바 부는 남자」는 박은율의 시편 가운데 가장 아름다
운 작품 중 하나이다. 한 남자가 "부은 발등"으로 서서 튜
바를 불고 있다. "그 안의 어린 그, 젊고 늙은 그가/ 여럿이

홀로/ 튜바를 분다". 어린 시절과 젊은 날들을 지나온 늙은 남자는 일생의 시간을 모두 합쳐 홀로 튜바를 불고 있는 것이다. 이 외롭고 쓸쓸한 장면은 외로움을 넘어서 그윽하고 경건하다. 늙은 남자의 일평생과 내면의 깊이가 서려 있기 때문이다. 시인은 그의 내면을 "그 안의 웅덩이/ 물렁한 돌/ 그 안의 기관차/ 그 안의 안개, 불과 바람"이라고 표현한다. 물렁한 것과 거센 에너지가, 안개와 불과 바람이 내면으로부터 끓어오르며 튜바의 소리로 전환된다. 그런 의미에서 튜바 소리는 늙은 남자와 일체화된 존재이다. 여기서 다시 한 번 물(웅덩이), 흙(돌), 공기(안개와 바람), 불이라는 4원소에 주목할 필요가 있다. 그는 우주의 근원 요소로 이루어진 자연 생명이라 할 수 있다. 그런 의미에서 "붉은 대지"와 그는 분리되지 않는다. 붉은 대지가 곧 4원소 그 자체이기 때문이다. 그는 그의 "부은 발등"을 떠받쳐 주는 붉은 대지 위에서 "온갖 숨결"을 다해, 일평생을 다해, 튜바와 하나가 되는 순간을 맛보는 중이다. 이는 한 존재가 자신의 본성으로 귀의하는 순간이다. 늙은 이 존재의 몸에도 "오래된 머그잔" 처럼 무수한 주름이 생길 것이고 그 몸은 다시 우주 속으로 흩어질 것이다. 쓸쓸하고 슬프지만 이것이 존재의 진실이다. 그 진실 안에 허(虛)와 허기가 있다.

박은율은 우리가 경험할 수 있는 거친 삶의 내용물을 유미주의적 시각으로 용해하여 부드럽고 따뜻한 것으로 재생시킨다. 그의 시선 속에서 거칠고 각박한 풍경들은 적막

해지고 고독해진다. 그는 그것을 응시한다. 그리고 그 안에서 비껴갈 수 없는 허(虛)의 깊이를 발견한다. 먼지로 환원될 수밖에 없는 존재론적 상황은 그에게 허기와 한기를 몰고 오는 존재의 그늘이라 할 수 있다. 그럼에도 그의 시는 비탄으로 치닫지 않는다. 그의 시의 맥락은 이러한 존재론적 사태를 인간 삶의 '진실'로 수렴시킨다. 인간은 물, 불, 공기, 흙으로 빚어진 우주의 원소이며 이 원소들이 뭉쳐지고 흩어지는 거대한 생멸의 드라마 가운데 자신이 존재한다는 자명한 인식 때문이다. 따라서 그의 허무의 정념은 그 자신이 살아 있는 한 생명이라는 사실을 알게 하는 중요한 인식의 매개가 되는 것이다. 이러한 인식론적 사유는 박은율의 유미주의적 태도와 맞물려 순환한다. 사물과 인생에 대한 과잉과 극단을 벗어나는 힘은 이로부터 생성된다.

박은율

1952년 목포에서 태어났다.
1988년 《현대문학》으로 등단했다.

절반의 침묵

1판 1쇄 펴냄 · 2013년 12월 13일
1판 3쇄 펴냄 · 2014년 12월 23일

지은이 · 박은율
발행인 · 박근섭, 박상준
펴낸곳 · ㈜민음사

출판 등록 1966. 5. 19. 제16-490호
서울특별시 강남구 도산대로1길 62(신사동)
강남출판문화센터 5층 (우)135-887
대표전화 515-2000 / 팩시밀리 515-2007
www.minumsa.com

ISBN 978-89-374-0819-9 (04810)
ISBN 978-89-374-0802-1 (세트)